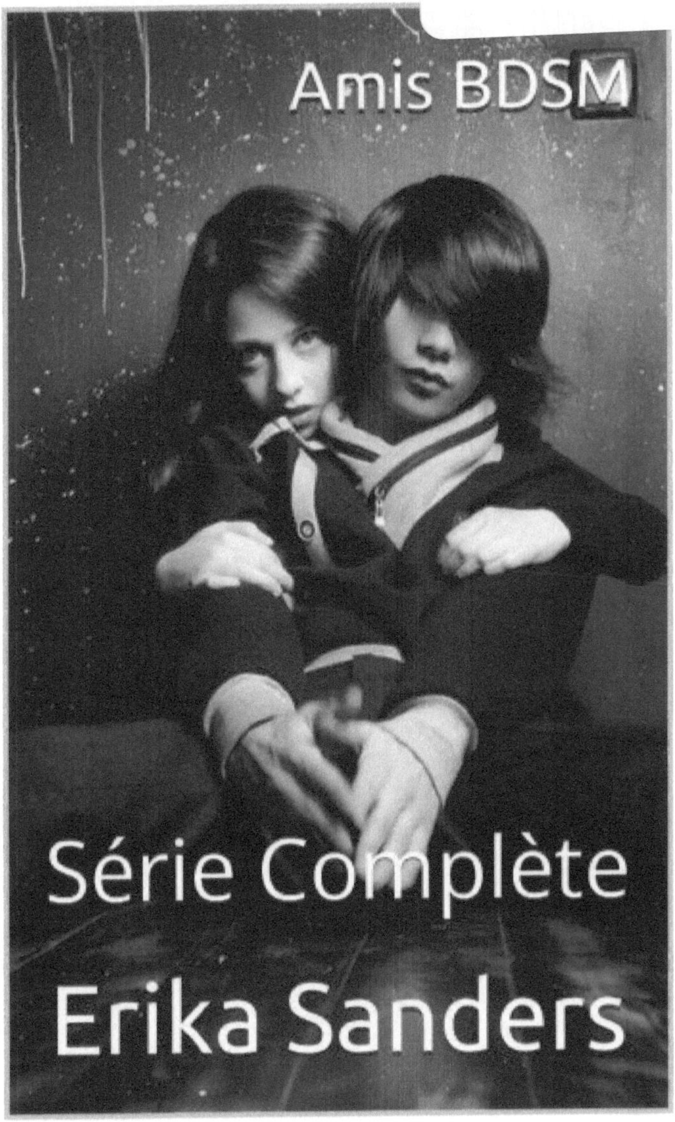
Amis BDSM
Série Complète
Erika Sanders

Amis BDSM
Série Complète
Erika Sanders
Série
Domination et Soumission Érotiques

@ Erika Sanders, 2023
Image de couverture: @ Khusen Rustamov - Pixabay, 2023
Première édition: 2023

Synopsis

Erika propose d'aller encore plus loin dans sa relation avec son meilleur ami dominant sexy...

Amis BDSM est un roman à fort contenu érotique BDSM et, à son tour, un nouveau roman appartenant à la collection **Domination et Soumission Érotiques**, une série de romans à fort contenu BDSM romantique et érotique.

(Tous les personnages ont 18 ans ou plus)

Remarque sur l'auteure

Erika Sanders est une écrivaine de renommée internationale, traduite dans plus de vingt langues, qui signe ses écrits les plus érotiques, loin de sa prose habituelle, de son nom de jeune fille.

Indice

AMIS BDSM
SÉRIE COMPLÈTE
ERIKA SANDERS

PARTIE 1

Cela avait été un jour comme n'importe quel autre jour.

Sauf que ce n'était pas le cas. Aujourd'hui était spécial. Aujourd'hui était le jour où mon meilleur ami Richard serait sur le campus de New York pour passer l'un de ses examens de fin d'études en droit. Comme chaque fois qu'il venait de mon côté de la rivière Hudson, il finissait par m'envoyer un texto pour dîner avec lui. Donnez-lui environ une demi-heure pour terminer le test et son invitation apparaîtra sur mon téléphone.

Je fis courir mes doigts sur mes cuisses, les laissant monter aussi haut que le bord de mon buisson taillé avant de redescendre. Juste un petit teasing pour me réchauffer. Je n'en avais pas besoin, pas après toutes les caresses et les taquineries que je m'étais infligées la semaine dernière. Ma chatte coulait presque constamment et mes mamelons n'étaient pas mous depuis des lustres. Pourtant, j'avais besoin de me faire le plus chaud possible avant de partir ce soir. Mon plan était d'être si excité que la luxure a noyé ma peur du rejet quand j'ai finalement tenté de sortir de la zone d'amis.

Normalement, je ne suis pas si moche que ça. Je suis en fait très confiant et flirte effrontément avec tout le monde dans le monde. Mais c'est peut-être juste la liberté d'indifférence. Je me fiche de ce que n'importe quelle aventure rapide pense de moi tant qu'ils me font sortir. Richard... eh bien, il est différent. Je voulais bien plus qu'une simple baise rapide avec lui. Je voulais qu'il ressente pour moi ce que je ressentais pour lui. Et, même s'il ne m'a jamais montré que de la positivité et du respect, il n'a jamais essayé de dépasser le simple fait d'être amis. Et c'est le genre d'homme à agir selon ce qu'il veut.

'C'est peut-être pour ça qu'il n'a jamais bougé de moi', pensai-je en regardant par-dessus mon corps lubriquement écarté. "Je suis plus un mec qu'une fille. Je suis désordonné et je me gratte en public. Je m'habille pour le confort et je déteste me maquiller. Je passe tout mon temps libre à la salle de sport, à jouer à des jeux vidéo ou à faire du porno. Ce sont les caractéristiques qui définissent la masculinité, n'est-ce pas ? Oh ouais, et j'ai été friendzone par mon meilleur ami. Les filles ne sont pas censées être envoyées dans la friend zone par leurs amis masculins, n'est-ce pas ? Je suis à peu près sûr que c'est censé être l'inverse.

Je n'ai pas le corps de sablier le plus féminin par excellence. À 5'11 ", j'étais un peu plus grand que la plupart des gars avec qui je suis sorti sans succès. Un amour de toujours pour le basket-ball et le fait de se sentir en forme avaient rendu mes muscles légèrement mieux définis que la plupart des femmes ne se permettent d'obtenir. Forme parfaite pour séduire ses coéquipiers... mais loin des beautés délicates avec lesquelles Richard était sorti au fil des ans.

Si les choses allaient mal, ce n'était pas exactement comme si j'avais un cercle social rassurant sur lequel me rabattre...

'Arrête ça! Arrêtez d'être si déprimant. C'est pourquoi j'avais finalement mis au point ce plan, pour éteindre cette partie négative de moi-même. J'ai porté mes mains à mes seins. Merde, je ne me sens pas féminin, mes seins sont putain de géniaux. Leur volume de bonnet C remplissait complètement mes mains d'un poids agréablement féminin. Bien sûr, leur taille a parfois gêné mon style de vie actif, mais le plaisir qu'ils m'ont procuré a plus que compensé. Passer mes paumes légèrement sur mes mamelons me fit frissonner et respirer plus fort. J'ai essayé de garder mes caresses douces et taquines, mais peu de temps après, je me suis retrouvé à pousser ma poitrine vers l'avant et à serrer mes mamelons aussi fort que possible. Presque l'heure de l'événement principal.

Mon disque dur externe aurait probablement dû figurer sur la liste des raisons pour lesquelles je suis fondamentalement un homme. Peu de femmes que j'ai rencontrées ont téléchargé 226 concerts de porno. Là encore, ce n'était pas ma faute. Celui-là était tout ce que Richard faisait, et cela montrait exactement pourquoi notre amitié n'avait jamais été ce que l'on pourrait appeler typiquement platonique. Même sept ans plus tard, le souvenir de sa rencontre avec lui et de nos liens précoces me faisait encore sourire. C'était si typiquement Richard... confiant sans être imbu de lui-même, ferme sans être abrasif, son magnétisme m'avait attiré si facilement.

Je n'étais pas très doué pour me faire des amis au lycée. C'était difficile de trouver un groupe pour m'accepter. La clique des joueurs ne semblait pas savoir comment gérer quelqu'un avec des seins qui voulait jouer à League of Legends avec eux. Les jocks masculins ne joueraient jamais à pleine vitesse avec ou contre moi, même si j'étais de taille similaire ou plus grande que la plupart d'entre eux. Et, bien sûr, j'aurais préféré ouvrir une veine plutôt que de faire ce qu'il fallait pour m'intégrer aux garces de base de la culture féminine dominante du lycée.

Non pas que j'étais une femme solitaire par tous les moyens. J'avais des amis, mais ils se sentaient plus comme des acteurs de niche que comme des relations personnelles. Par exemple, Heather et moi nous sommes grattés l'un de l'autre, mais nous étions tous les deux trop introvertis et maladroits pour nous rapprocher. J'étais dans l' équipe féminine de basket-ball, mais j'avais du mal à créer des liens avec l'une de mes coéquipières féminines 1 contre 1 sans le prétexte de l'entraînement. Pour faire court, je ne me suis jamais vraiment senti accepté pour être plus qu'une partie de moi. Je me suis habitué à ma propre entreprise et j'ai développé une personnalité cynique et piquante qui a repoussé beaucoup de gens.

Jusqu'au jour où, en dernière année, on m'a assigné au hasard Richard comme partenaire pour un projet d'études sociales sur l'impact des changements technologiques récents sur les traditions, les organisations ou les industries de longue date.

Je détestais les projets de groupe. Tout le monde déteste les projets de groupe. Les seules personnes qui les aiment sont des extravertis sans âme qui sont destinés à aller travailler dans un service RH quelque part. Bien sûr, la seule chose pire qu'un projet de groupe est un projet avec quelqu'un de populaire. Surtout quand c'est un garçon populaire et sexy. Toutes les personnes populaires que j'avais côtoyées avaient été d'une suffisance exaspérante et condescendante. Ajoutez à cela les regards jaloux de toutes les autres filles et j'étais sérieusement ennuyé.

On nous a donné les dernières minutes de cours pour discuter avec nos partenaires.

Richard était très populaire. Il avait la réputation d'être à l'aise dans presque tous les groupes. Et il était aussi très chaud. Il s'habillait juste un peu mieux que ce qu'exigeait le lycée et mesurait un pouce ou deux de plus que moi. Je le regardai traverser la pièce jusqu'à mon bureau, frappé par la façon dont ses courts cheveux noirs semblaient dessiner son visage juste pour accentuer distinctement sa ligne de mâchoire. Cela rendait son sourire très authentique et chaleureux, comme s'il vous invitait à vous joindre à une blague que seuls vous et lui connaissiez.

"Pourquoi as-tu l'air si heureux ?" ai-je demandé quand il est arrivé à ma place. Comme je l'ai dit, personnalité épineuse.

"J'attendais une opportunité comme celle-ci ! Ce projet est parfait." J'ai reculé, pensant que c'était une ligne de ramassage vraiment bizarre . Juste un autre gars essayant d'entrer dans mon pantalon.

"Désolé, mais tu devras faire mieux que ça."

« Oh allez, ne me dis pas que tu n'as pas cherché l'excuse parfaite pour faire un projet scolaire sur le porno. J'ai fait une double prise. '... D'accord, c'est un nouveau.'

"Euh... quoi ?" Son sourire devint légèrement espiègle, mais il continua d'un ton tout à fait sérieux.

"Pendant des décennies, le porno était une formule. Il suivait un scénario établi de peu ou pas de préliminaires, de fellation et de pénétration hardcore dans de nombreuses positions improbables et inconfortables dans un dernier coup d'argent. De nos jours, ce genre de chose obtient très peu de vues. La demande est beaucoup plus élevé maintenant pour des représentations plus réalistes du sexe, en particulier pour les amateurs se concentrant sur le plaisir féminin. Avant, les gens achetaient des DVD avec des scènes génériques sur chacun. Maintenant, il y a des centaines de subreddits dédiés à des problèmes spécifiques. Qu'est-ce qui a changé ? Est-ce simplement l'adaptation à Internet ? Est-ce lié à l'augmentation du nombre de téléspectateurs et à un public plus diversifié ? Est-ce parce qu'il y a plus de fournisseurs qui essaient de trouver un créneau concurrentiel ? Il doit y avoir suffisamment de matériel pour un journal là-dedans. Qu'en pensez-vous ? »

Ma mâchoire était à peu près sur le sol. Il était complètement sérieux. Il venait de s'approcher de moi, n'a pas cligné des yeux devant mon impolitesse, a commencé à parler intellectuellement de porno et semblait légitimement intéressé par ce que j'avais à dire. 'Le mec a des couilles. Je dois respecter ça.

"On dirait que tu y as beaucoup réfléchi," balbutiai-je.

"Oui," confirma-t-il. "Je m'intéresse à ce qui émeut les gens. Et, adolescente pubère que je suis, il semble que peu de choses émeuvent les gens aussi profondément que le sexe."

C'est un bavard. La salle de classe s'était vidée et la classe suivante arrivait. Je me hâtai de rassembler mes livres dans mon sac. "Eh bien, ce n'est peut-être pas la même chose, mais je parie qu'il y aura plus de personnes ambidextres à cause du porno."

« Vraiment ? Pourquoi ça ?

"Eh bien, vous avez besoin d'une main pour manipuler la souris et d'une autre pour vous branler." J'ai essayé d'égaler son ton intellectuel mais je n'y suis pas parvenu et j'ai ri à la fin. Ça m'a surpris, je n'avais pas l'intention de dire ça. J'avais eu l'intention de marmonner quelque chose à propos du besoin d'aller en classe et de partir en courant. Et autre surprise, il n'était pas bizarre et rigolait avec moi.

"Peut-être que tu as raison ! Peut-être que nous pouvons mettre ça dans la section de conclusion 'en regardant vers l'avenir'. Écoute, je dois me mettre au trig, mais je t'enverrai un message ce soir." Et aussi soudainement qu'il était arrivé, il était parti.

C'est comme ça que Richard et moi avons commencé à nous lier d'amitié - à travers le porno. Comme je l'ai dit, pas une amitié platonique normale. Tout cela au nom de la recherche pédagogique pour notre projet, bien sûr.

D'accord, peut-être avons-nous continué après la fin de ce projet, sur lequel nous en avons eu 100 en passant. Il m'envoyait un lien vers quelque chose de chaud et j'essayais de trouver quelque chose de plus chaud, en essayant de surpasser l'autre pendant des heures. Il ne nous a pas fallu longtemps pour vraiment comprendre ce qui nous faisait vibrer.

Richard était un dominant. Il a cessé de contrôler « ses » femmes et de les faire lui obéir. Je le sais parce qu'il me l'a dit dès le début. J'ai demandé ce qu'il voulait et il m'a littéralement dit : "Je suis un dominant. Je suis excité de me sentir en contrôle et d'être avec quelqu'un qui accepte mon contrôle." D'accord, peut-être qu'il l'a formulé un peu différemment... mais quand même. Il l'a dit si simplement, comme si c'était la chose la plus naturelle au monde.

À l'époque, je n'étais pas du tout une femme coquine. Pourtant, les goûts de Richard ne me semblaient pas bizarres. J'avais l'impression que ça devait le faire, il m'a montré des conneries assez sadiques après tout, mais ce n'était vraiment pas le cas. Je ne pouvais pas le juger parce que, pour la première fois de ma vie, j'avais l'impression que quelqu'un m'acceptait vraiment. Richard a embrassé la partie de moi qui voulait être un nerd et rêver de Mistborn . Il a encouragé la partie de moi qui voulait être hyper compétitive et démolir des ennemis sur le terrain de basket et dans la Faille de l'invocateur. Il comprenait la partie de moi qui voulait parfois être laissée seule. Il m'a posé des questions et m'a fait sentir que je pouvais répondre honnêtement - qu'il voulait vraiment mon honnêteté totale. Il a donné à ma salope intérieure un refuge sûr pour sortir et ne pas être jugée ou se sentir menacée. Et, peut-être le plus important, il a compris que ce n'est pas parce que je suis parfois une vraie garce que je le déteste vraiment .

Lentement, presque imperceptiblement pour moi, j'ai commencé à être excité par le BDSM. Je me suis retrouvé à approfondir, essayant de trouver de nouveaux éléments qui l'exciteraient. Il, à son tour, m'a nourri d'un régime régulier de kink. Un régime qui a été fait sur mesure pour me plaire. Par exemple, je m'identifie comme bisexuelle, mais je ne mouille vraiment que pour un type de femme spécifique. Quelqu'un qui est très fort et m'impressionne. C'est un peu difficile à décrire, mais je le sais quand je le vois, et lui aussi. Je suis tombé amoureux quand il m'a montré Queensnake . Elle et tous ses modèles sont des putains de déesses de l'endurance physique, de la discipline mentale et de la force émotionnelle. Mes yeux étaient à quelques centimètres de l'écran, la regardant prendre coup après coup et réussir à se relever à chaque fois. Je ne pense pas que j'avais jamais été aussi mouillé auparavant dans ma vie. Je l'admirais tellement et je voulais être aussi fort.

Mais ça n'a jamais été vraiment sexuel entre nous. Nous n'avons jamais parlé de se masturber ou de vouloir baiser les modèles ou de descendre ou quoi que ce soit. Nous disions "c'est chaud" ou parlions de ce que nous aimions ou n'aimions pas à ce sujet, mais d'une manière distinctement pas sexting. C'était super au début parce que ça me donnait l'impression que tout était sûr. J'ai pu exprimer une partie taboue de moi à quelqu'un qui n'essayait pas seulement d'entrer dans mon pantalon.

Mais ensuite j'ai réalisé que je voulais entrer dans le pantalon de Richard. Puis ça a cessé d'être aussi génial. À ce moment-là, nous avions obtenu notre diplôme et fréquentions différents collèges à trois États l'un de l'autre. Notre relation a évolué. Nous ne nous voyions qu'en ligne ou pendant les vacances en visitant la maison. La partie pornographique de notre dynamique s'est considérablement ralentie pour finalement s'arrêter lorsque nous avons commencé à sortir ensemble. Eh bien, il est sorti avec. Je me suis jeté sur le corps le plus sexy d'une soirée donnée.

Néanmoins, cela a été une partie extrêmement formatrice de ma vie, et toute notre ancienne histoire de conversations de messagerie instantanée a été enregistrée sur mon disque dur externe. Des années de liens, de téléchargements et d'érotisme ont défilé devant mes yeux alors que je les chargeais sur mon ordinateur portable. Au cours de nombreuses nuits agréables, j'avais tout trié dans des dossiers pour Iconic Chats, Goddesses, Submissive Fantasies, Romantic Gay, Friends to Lovers (un plaisir particulièrement coupable pour moi), des dizaines d'autres. Parfois, je veux quelque chose de aléatoire, parfois quelque chose de spécifique. Au travail ce jour-là, j'avais passé un temps embarrassant à rêver d'une vidéo préférée.

Mes doigts ont plongé dans ma chatte alors que j'appuyais sur 'Amateur faisant une pipe à son petit ami (#14)'. Sa passion et son excitation l'ont rendu brûlant alors qu'elle adorait sa bite avec sa bouche. Son visage était un collage d'émotions concurrentes - excitation, joie, concentration, plaisir et amour - alors que ses yeux passaient entre le visage de son amant et sa bite. C'est comme si elle savait qu'elle était censée garder un contact visuel pendant qu'elle le suçait, mais elle ne pouvait s'empêcher de fixer sa bite. Et c'était une belle bite ! Pensée et galbée, on aurait dit qu'elle remplirait ma chatte à merveille.

J'ai enroulé mes doigts à l'intérieur de moi, frottant mon point G pendant que je touchais mon clitoris et imaginais être rempli par la bite dans sa bouche. Mon cœur battait au rythme de sa tête qui bougeait, chaque battement envoyant des impulsions de désir à travers moi, faisant palpiter ma chatte de désir. Mes muscles se tendaient et des sons involontaires m'échappaient. C'est exactement le genre de pipe bâclée que je voulais faire à Richard ! Sentir sa bite dure lancinante dans ma bouche... ses mains sur ma tête guidant mon rythme... Le plaisir jouant sur mon beau visage, sentant ses abdominaux durs fléchir, ses jambes trembler à mes côtés pendant que je le suçais... Je gémis de plaisir me parcourant, imaginant qu'il pouvait sentir ma voix sur sa virilité. Ma chatte rayonnait de chaleur comme un feu, apparemment à l'abri de tous les jus humides qui coulaient de moi.

Autre chose. Une autre vidéo. Si je restais avec celle-ci jusqu'au bout, pour voir son regard de pure satisfaction après qu'elle ait avalé sa charge, je jouirais en quelques secondes et j'avais besoin de me retenir. La taquinerie et le déni sont l'un des jeux préférés de Richard, et je ne suis pas aussi doué que certains blogueurs que je suis, mais il y avait beaucoup d'enjeux qui m'ont empêché de basculer. Satisfait moi est rationnel. Le moi rationnel devient nerveux et a peur de prendre des risques. Rational me s'était retenu d'avouer son attirance pour Richard pendant des années, et elle n'avait rien à faire ce soir !

J'étais tellement absorbé par l'hédonisme masturbatoire que je n'ai pas vu le nouveau message d'alerte pendant un certain temps.

Richard : Hey, je suis dans ton quartier ce soir. Voudriez-vous dîner avec moi ?

"Il doit être le seul gars sur Terre qui utilise la ponctuation correcte dans les textes", ai-je pensé. Notre historique de messages texte était une longue chaîne d'anglais parfaitement relu de sa part, contrastant avec la sténographie et les emojis de ma part. C'était ça! Tout selon le plan! OK, ne pense pas, laisse juste tes hormones parler pour toi.

Erika : ouais, ça sonne bien

Erika : il y a quelque chose dont je voulais parler

Erika : ne me laisse pas dire que c'est rien

'Succès!' Je m'attendais à me sentir consumé par le regret et à vouloir le reprendre, mais je ne l'ai pas fait. Un peu nerveux, mais excité. Mon clitoris, confus quant à l'endroit où son plaisir avait disparu, palpitait de frustration. Je souris et la tapotai doucement comme un chiot. "Ne t'inquiète pas, tu auras de l'action bien assez tôt... j'espère." Je suppose qu'il est difficile d'avoir trop d'appréhension avec autant de désir qui coule dans tes veines.

Concrètement, qu'est-ce que j'avais à perdre ? Richard avait été mon meilleur ami pendant sept longues années, mais notre relation n'avait pas été ce que je voulais pour la plupart d'entre eux. Je ne m'étais jamais sentie vraiment épanouie avec aucun de mes partenaires et j'avais été presque meurtrièrement jalouse de toutes ses copines. Aussi, rationnellement parlant, c'était le moment idéal. Nous étions tous les deux célibataires et vivions aussi près l'un de l'autre que deux adultes actifs pouvaient raisonnablement l'espérer.

Bon, peut-être que c'était « le moment idéal » depuis plusieurs mois déjà alors que je traînais des pieds... mais là n'était pas la question !

Il s'était passé quelque chose avec sa dernière petite amie. Ils étaient ensemble depuis plus de deux ans, mais leur rupture était mauvaise. Nous n'avons jamais parlé de ses partenaires romantiques, probablement parce que je suis devenu garce les premières fois qu'ils sont apparus. Quoi qu'il en soit, c'était si mauvais qu'il essayait maintenant de réprimer son côté dominant pervers naturel et recherchait la satisfaction vanille dans une multitude de connexions Tinder. Il semblait moins lui-même... moins confiant et toujours un peu fatigué.

Plus que ma propre attirance non partagée, je voulais l'aider. Je voulais être celui qui l'embrassait pleinement et le laissait être lui-même, comme il l'avait fait pour moi. Après de nombreuses tentatives pour le faire sortir de lui-même, j'avais finalement réalisé que la seule façon d'y parvenir était de lui donner un nouveau soumis. Et ça allait être moi.

Très bien, j'étais plus qu'un peu nerveux à ce sujet. Richard était naturellement très dominant, mais je n'étais pas un soumis né. Je voulais être un pour lui, mais je ne savais pas à quel point je pouvais performer. "Ça ira", me dis-je pour la centième fois, "faites-le monter à bord d'abord, puis occupez-vous des trucs coquins plus tard."

Richard : Eh bien maintenant, vous avez mon attention. Je passerai par chez toi dans une heure. Vous vous sentez italien ?

'Une heure!?!' Ce n'était pas comme si j'avais déjà passé des éternités devant le miroir, mais j'avais vraiment besoin d'une douche.

De l'eau chaude coulant dans mes cheveux, sur mes mamelons et entre mes jambes... mmm... Quelque chose me disait que j'aurais besoin de temps pour me nettoyer correctement.

PARTIE 2

27

Il est arrivé dans un costume, avec une cravate, un pantalon parfaitement froissé et des boutons de manchette. Tout ça juste pour prendre une finale. Typique. Je ne sais pas s'il possédait même une paire de jeans. Une soirée d'été à 85 degrés et il est habillé pour impressionner et a toujours l'air incroyablement propre, cool et détendu. La sueur, apparemment, était le genre de chose qui arrivait aux autres. Moi, d'un autre côté, j'avais opté pour un jean décontracté et un débardeur. Un joli débardeur décolleté qui mettait ma poitrine en valeur à merveille. Je m'étais donné un petit eye-liner, ce qui est carrément fantaisiste pour moi, mais nous étions toujours une paire assez dépareillée.

C'était complètement typique pour nous. Il a failli se ruiner en mode alors que je me casserais probablement les jambes si j'essayais de marcher avec des talons. Même si je le taquinais à ce sujet, je devais admettre que cela le rendait sacrément beau. La façon dont les vêtements bien coupés moulaient ses flancs et montraient sa silhouette athlétique... et ce pantalon moulait parfaitement ses fesses...

Il y a littéralement des milliers d'endroits incroyables pour manger à Brooklyn près de la maison de Richard. New York, en revanche... pas tellement. Il y a beaucoup d'avantages à vivre du mauvais côté de Manhattan. Comme pouvoir payer un loyer et pouvoir quitter sa maison sans se faire assaillir, par exemple. Le plus grand est la vue. Les vues du centre-ville de Manhattan depuis New York sont les meilleures vues de la ville sur Terre. J'étais très heureux pour cela car Richard et moi nous sommes installés dans un restaurant italien au bord de l'eau parce que cela a détourné son attention de moi alors que je luttais pour me calmer.

« Respire, me suis-je dit, c'est Richard, tu lui parles en ligne tous les jours. Mais il n'avait même pas vérifié une seule fois mon décolleté.

Je n'avais même pas regardé mon cul pendant que j'avais lacé ma chaussure. Cela ne m'a pas rempli de confiance.

"C'est incroyable", a-t-il dit, regardant par-dessus l'eau vers Battery Park et Wall Street, "Captive mon attention, peu importe combien de fois je le vois."

"Ouais."

Une brise agréable a soufflé sur l'eau au-dessus de nous, chassant le pire de la chaleur estivale. Il ondulait dans les cheveux de Richard d'une manière très accrocheuse. Une chaleur monta dans mon corps qui n'avait rien à voir avec la température. Il était tellement sexy en costume... En face de notre table, les touristes se pressaient le long du chemin au bord de la rivière. Un groupe avec une perche à selfie gênait tout le monde et certains motards ont essayé en vain d'aller plus vite qu'un crawl. Nous avons tous les deux ri quand un enfant imprudent a perdu un bretzel à cause d'une mouette.

"Tu sais que je meurs de suspense ici."

Je sursautai, réalisant que son attention s'était déplacée vers moi. Il est temps de lui dire. Mais tout à coup, la brume d'excitation dans laquelle j'avais essayé de me protéger s'évanouit. Des papillons voletaient dans mon ventre et je me sentis rougir. « C'est Richard ! Tu lui dis tout le reste ! S'il était n'importe qui d'autre dans le monde, tu serais déjà en train de flirter avec lui. Putain de merde ! Tu es une femme adulte, ressaisis-toi.

"Quoi?" C'est tout ce que j'ai réussi à sortir. « Merde !

"Hmm... Voyons voir si je peux deviner. Vous n'avez pas terminé le projet ARA au travail, vous auriez célébré cela tout de suite sans être énigmatique à ce sujet. Il en va de même pour Tyler qui a finalement été viré. Vous n'avez pas eu de augmenter ou vous auriez acheté le vin le plus cher sur le menu. Ce morceau à la fin me rend vraiment curieux . 'Ne vous laissez pas dire que ce n'est rien.' Qu'est-ce que tu veux dire par là ?"

Richard est un esclave complet de sa propre curiosité, donc je m'attendais à quelque chose comme ça et j'avais passé des heures à comprendre comment je le gérerais. J'avais essayé un tas de variantes pour aborder le sujet avec tact. Je les ai tous détestés. La subtilité n'est vraiment pas mon truc. Je soupirai, serrai les dents et éclatai :

"Je veux être ta petite amie." Je ne vois pas souvent de surprise sur le visage de Richard. C'était agréable d'échanger nos rôles typiques comme ça. Laissez-le être le déséquilibré pour une fois. je l'avais dit ! Je l'avais enfin dit ! « Dieu, j'ai voulu dire ça pendant des années ! Mais tu sortais toujours avec quelqu'un ou j'étais trop lâche ou j'espérais que tu ferais un pas vers moi tout seul . J'ai essayé d'évaluer sa réaction, mais je n'ai pas pu. Son visage de poker sérieux était allumé et cela m'a mis mal à l'aise. "Et... je suppose que j'en ai marre d'attendre. Et je sais que tu as été misérable avec toutes ces rencontres avec Tinder. Tu as essayé d'être quelqu'un que tu n'es pas depuis que toi et Chloé avez rompu. Je te veux d'être entièrement avec moi. Alors oui, ça y est... s'il te plait, dis quelque chose."

Était-ce la peur sur son visage ? Non... appréhension ? Une fosse s'est ouverte dans mon estomac, menaçant de m'y entraîner. Mais non, il y avait plus là-bas. Désir? Désir? Étais-je juste en train de me montrer des émotions que je voulais voir ? 'S'il te plait dis quelque chose!' J'ai intérieurement supplié, 's'il vous plait!'

Enfin, il l'a fait. "Wow, c'est beaucoup à encaisser." Une partie du linceul se souleva et il offrit un sourire hésitant. "Tu peux te détendre. Je te veux vraiment. Beaucoup."

"Tu fais?" 'AHHHHH!'

"Oui, et je suis désolé si je t'ai fait te sentir indésirable.

Ses mots et son expression ne correspondaient pas. "Tu n'as pas l'air ravi."

Il soupira. "Je pense à ce que tu as dit sur le fait que je suis quelque chose que je ne suis pas. Je suppose que tu as raison, mais j'aimerais l'entendre de ton point de vue. Qu'est-ce qui te fait dire ça ?"

"Vous avez semblé déprimé. Pas tellement autour de moi, mais juste en général. Vous ne semblez pas si sûr de vous et avez ces petits retards. C'est comme si vous aviez une réaction normale aux choses que vous réprimez ou repenser ou quelque chose comme ça. Je l'ai remarqué un peu après votre rupture et j'ai l'impression que vous n'allez pas mieux. Admettre la suite était difficile, mais il fallait le dire, "écoute, je sais que j'ai été une garce jalouse à propos de toutes tes copines et je suis désolée de ne jamais avoir posé de questions sur toi et Chloé, mais je sais qu'elle était ta première relation D / s vraiment sérieuse à long terme . Les choses se sont mal terminées avec elle et vous avez essayé d'éteindre la partie dominante de vous-même. Mais vous ne pouvez pas. C'est juste qui vous êtes, et c'est une partie de vous qui fait tu es heureux."

"Et tu dis que tu n'es pas perspicace sur les gens..." murmura-t-il pour lui-même. Puis, plus fort, "Alors tu veux sortir avec moi pour me remettre ensemble ?"

Je le regardai ostensiblement de haut en bas, laissant mes yeux s'attarder sur ses lèvres, sa silhouette en forme et directement dans son entrejambe. "Eh bien... ce n'est pas seulement pour cette raison." Je n'avais jamais essayé de flirter avec lui et ça faisait du bien. Je voulais éloigner la conversation des zones pessimistes et me concentrer davantage sur nous ensemble, mais cela n'a pas fonctionné.

"Et s'il y avait une bonne raison pour que j'essaye d'abandonner l'échange de pouvoir ? Et si je blessais sérieusement Chloé et que je décidais qu'être excité par la douleur de mon amant est un peu foutu ?"

'Oh mon dieu, combien a-t-il mal à l'intérieur?' Je me sentais très mal, réalisant que ma jalousie m'avait empêché de me soutenir. Je voulais le serrer dans mes bras, mais je savais que ce n'était pas le moyen de l'atteindre. Il répondait le mieux à la rationalité. "Vous insinuez que vous étiez abusif et je doute fortement que ce soit vrai. Vous êtes l'une des personnes les plus catégoriques que je connaisse. Ai-je tort à ce sujet?"

"Non..." dit-il avec hésitation, "pas abusif comme ça. Mais j'ai brisé sa confiance un certain nombre de fois. Eh bien, je suppose qu'en toute honnêteté, nous avons tous les deux brisé la confiance de l'autre. Mais quand même..."

"Richard," je l'ai coupé, "nous avons vingt-cinq ans. Nous sommes jeunes! Nous faisons parfois des choses que nous regrettons." Je pris sa main de l'autre côté de la table et la serrai pour insister. "Tu ne peux pas continuer à te punir éternellement. Tu mérites d'être heureux." Sa main était ferme et puissante dans la mienne. J'ai aimé le tenir plus que je ne m'y attendais.

Nous avons tous les deux regardé nos mains jointes. Il avait l'air d'aimer ça aussi. Mais encore, il n'était pas convaincu. J'avais l'impression d'être proche...

Je l'ai pressé un peu plus fort, "Écoute, tu n'es pas heureux maintenant. Ne le nie pas, nous savons tous les deux que c'est vrai . Des raisons mises à part, tu as donné au style de vie vanille plus que sa juste chance, et l'expérience a échoué. Peut-être il est temps d'essayer de remonter sur le vélo métaphorique ? Plus vieux et plus sage, tu sais ? » Je retins mon souffle pendant qu'il y réfléchissait. Les secondes s'écoulaient, mais je ne savais pas quoi dire d'autre.

Lentement, il sourit. Quelque chose en lui a changé, presque imperceptiblement. Il semblait légèrement plus grand dans ma vision et légèrement moins tendu. Je pouvais dire que ce n'était pas fini. J'aurais encore beaucoup de travail à faire pour guérir ses cicatrices, mais il semblait disposé à me donner une chance.

"Tu as raison, je n'ai pas été content. J'avoue que ça m'a manqué." Il m'a jeté un regard de loup, affamé de désir, "Peut-être que c'est égoïste de ma part, mais j'ai l'impression que je voulais que tu m'en parles. Peut-être surtout parce que c'est toi..." Le désir indubitable dans ses yeux m'a absolument ravi. Surtout parce que c'est moi ? Était-il possible qu'il ait aussi fantasmé sur moi ? Ma respiration s'accéléra et mon propre désir se raviva. Cela a commencé à se sentir réel. J'allais le chercher ! Je serrai sa main plus fort, possessivement. 'Exploiter!'

"Mais tout de même," continua Richard, "je veux m'assurer que vous comprenez dans quoi vous vous embarquez. Il y a une grande différence entre être ma petite amie et être ma soumise."

"C'est bon, je veux être—" Il m'a fait taire avec ses yeux. À ce jour, je n'ai aucune idée de comment il fait cela. Rien ne change physiquement en eux, mais d'une manière ou d'une autre, cela fonctionne à chaque fois. C'était la première fois que je sentais vraiment sa domination dirigée contre moi. Je l'avais déjà ressenti auparavant, je l'avais constamment vu exposé dans différentes nuances, mais il ne m'avait jamais vraiment frappé avec ça comme ça. Cela a eu un effet immédiat. Les mots sont morts dans ma bouche et j'ai frissonné. Je pressai mes jambes l'une contre l'autre, sentant la chaleur en moi s'intensifier.

"C'est important. Si tu veux vraiment que je sois pleinement et débridé, alors nous ne parlons pas seulement de relations sexuelles coquines quelques fois par semaine. Nous parlons du fait que tu te donnes à moi. Physiquement, mentalement et émotionnellement, je viserai à posséder l'intégralité de ce qui fait de toi , Erika. Ce serait très différent de l'amitié que nous avons eue toute notre vie d'adulte. Es-tu sûr que c'est ce que tu veux ?"

J'ai rencontré son ton sérieux sans broncher. "Oui. Je veux essayer. Il y aura une courbe d'apprentissage, mais je veux ça."

"Je le sais. Vous avez votre esprit et vous êtes déterminé à aller jusqu'au bout. Cette tendance têtue sera très amusante à jouer avec." Il me regardait , bien plus ouvertement sexuellement qu'il ne l'avait jamais fait dans toute notre relation. Me montrant délibérément son attention sur mes seins, mes lèvres, mon cou. Je serrai plus fort mes jambes , me délectant de son attention. Alors qu'il regardait ouvertement mon décolleté, mes mamelons se durcirent, comme s'ils voulaient aussi sa reconnaissance.

"Néanmoins," continua Richard, "je ne me sentirai pas bien à moins que je fasse de mon mieux pour vous donner le plus de compréhension possible avant que nous ne changions les choses entre nous. Mais c'est difficile pour moi d'en parler parce que je n'ai jamais connu le sous-marin côté." Il réfléchit, puis sortit son téléphone et fit défiler ses contacts. "Il y a une de mes amies qui vit assez près de chez moi et que j'aimerais inviter à se joindre à nous. Elle peut vous dire tout ce qu'elle aurait aimé que quelqu'un lui dise avant de plonger dans la soumission."

J'ai pensé à repousser. J'étais déjà sacrément sûr de ce que je voulais. Tout ce que je voulais, c'était terminer le dîner rapidement, me précipiter à la maison et lui enlever ce costume. Mais il essayait de faire ce qu'il pensait être juste et il se sentirait mieux en sachant qu'il l'avait fait. Alors, je me suis résignée à attendre encore un peu. "Si c'est vraiment important pour toi, d'accord."

"Pensez-y comme un consentement éclairé. En plus, vous l'aimerez. Elle est vraiment votre type." Il fit une pause, réfléchissant, avant de continuer, "et il y a quelques informations de fond que vous devriez probablement connaître en premier."

"Un peu" ne le couvrait pas exactement. Il s'avère qu'il y avait une tonne que Richard ne m'avait jamais dit alors qu'il me protégeait de l'envie de ma petite amie. Lui et Chloé avaient rencontré des couples partageant les mêmes idées sur Fetlife et ils se réunissaient toutes les quelques semaines. Il était maigre sur les détails, mais il semblait que leurs rencontres étaient très sexuelles d'une manière pas entièrement monogame. Un regard mélancolique jouait sur ses traits alors qu'il décrivait la dynamique ouverte entre eux, comment ils se permettaient et se soutenaient mutuellement et comment il était agréable d'être ouvertement pervers avec des gens qui comprenaient. Apparemment, il s'était éloigné d'eux depuis la rupture. Son amie, Cathy, faisait partie de ce groupe avec sa maîtresse, et elle habitait à quelques pas. Petit monde.

PARTIE 3

Cathy est apparue à notre table juste au moment où nous payions le chèque. Je dis "apparu" parce qu'il semblait vraiment qu'elle s'était matérialisée de nulle part. Une seconde, Richard faisait des calculs de pointe, et la suivante, il y avait une petite femme pâle qui le serrait dans ses bras. J'ai compris qu'ils ne s'étaient pas vus depuis un certain temps d'après ses accusations selon lesquelles Richard était nul pour rester en contact et était un connard pour lui avoir organisé une réunion au milieu de la nuit.

Tout comme Richard l'avait dit, j'aimais son look. Elle était petite, une tête plus courte que moi, mais athlétique avec des mains robustes et des jambes de randonneuse. Elle portait un t-shirt avec l'imprimé d'un bar local et un jean déchiré aux genoux pour en faire un short. Ses seins étaient magnifiques, fermes et suffisamment pleins pour être amusants mais suffisamment compacts pour ne pas la déranger en courant. Des cheveux roux coupés courts encadraient son visage, inclinés d'un côté pour montrer les piercings orbitaux et hélicoïdaux d'une oreille. Elle était concentrée sur mon regard en même temps que je l'accueillais. Nos yeux se rencontrèrent et l'étincelle d'attirance entre nous aurait fait sonner mon gaydar même si Richard n'avait pas mentionné sa maîtresse. Mon genre en effet. Je me redressai et fis semblant de bomber le torse.

Elle a aimé ce qu'elle a vu. « Qui est ton adorable ami ? » Elle a demandé. Quand elle a entendu mon nom, Cathy a haleté, "Tu es celui dont il parle toujours! C'est super de te rencontrer enfin, je suis vraiment heureuse que cet idiot se soit finalement remis de lui-même et t'ait amené dans notre monde."

« Il parle toujours de moi ? J'ai classé ça pour plus tard.

"En fait," fis-je remarquer, "Il n'a rien fait. Je lui ai demandé de sortir et il se traîne toujours les pieds à ce sujet."

Cathy lança à Richard un regard incrédule. « Une fille t'a demandé de sortir avec toi ?

Il rit, "Est-ce vraiment si difficile de croire que quelqu'un puisse me trouver attirant ?"

"Il est difficile de croire que vous auriez besoin de quelqu'un d'autre pour prendre l'initiative."

J'ai rejoint le rire de Richard, heureuse que quelqu'un d'autre ait apprécié mon combat. « Ne te ligue pas contre moi aussi ! il leva les mains en plaisantant. « Quoi qu'il en soit, avant d'entrer dans le vif du sujet, nous devrions probablement leur rendre leur table. Vous êtes tous les deux intéressés par les glaces ? Il y a un bon endroit à proximité.

Nous avons fini par grignoter des merveilles crémeuses au sucre froid dans un parc près de chez moi. Nous avions mis Cathy plus au courant et je me suis retrouvé à l'aimer. La façon dont elle a traversé la chaleur pétillante avec une franchise irrévérencieuse l'a rendue très facile à contacter. Elle avait beaucoup à partager sur «notre monde», comme elle le disait.

Certaines de ses observations étaient de petites anecdotes amusantes. Comme, par exemple, comment elle s'est retrouvée à mélanger les poignets et les cultures dans ses analogies et avait besoin de se regarder au travail. Ou comment la raison la plus fréquente pour laquelle elle devait arrêter une scène de bondage était d'utiliser la salle de bain.

D'autres étaient plus grands et plus abstraits. Tout dans la vie de Cathy semblait suralimenté. Les hauts étaient plus hauts, les bas étaient plus bas et elle se sentait rarement neutre. Sa maîtresse était dans le contrôle de l'orgasme, alors Cathy était perpétuellement excitée. Tout ce qu'elle faisait était d'une certaine manière sexuel, qu'il s'agisse de s'habiller le matin, de commander un Starbucks, de rencontrer un étranger et de le vérifier par réflexe. Parfois, quelque chose d'aussi simple que de respirer profondément par une journée claire et ensoleillée pouvait la faire se sentir incroyablement VIVANTE en lettres majuscules . Loin de m'effrayer, ou quoi que Richard s'y attendait, cela m'a rendu plus intéressé. Mes propres expériences dans ce département m'ont donné une idée de ce qu'elle essayait de dire, et j'aimais l'idée d'ajouter un peu de piment à ma vie quotidienne. Elle a tout blâmé Richard, qu'elle a appelé "The Wizard", pour avoir initié sa maîtresse à la taquinerie et au déni.

L'expression de son visage m'a fait demander : "Pourquoi es-tu 'le sorcier' ?"

Il m'ignora et regarda Cathy d'un air renfrogné. « J'espérais que tu avais oublié ce putain de surnom. Pourquoi ne lui parles-tu pas du tien, Firefly ? Pour une raison quelconque, malgré tous les trucs personnellement sexuels qu'elle avait déjà partagés sans vergogne, cela fit rougir les joues de Cathy.

"La sienne est facile, ses cheveux sont vraiment fougueux," lui fis-je remarquer.

"Oui, Firefly parce que je suis rousse," dit rapidement Cathy, "Quoi qu'il en soit, revenons à Wiz—"

"Cathy." Richard coupa doucement ses mots comme un couteau. Ni plus fort ni plus doux, mais avec une autorité indéniable qui m'a fait frissonner et sursauter Cathy comme si elle avait été prise au téléphone au travail.

"Bien!" Elle a avoué: "J'ai reçu mon surnom dans notre petit groupe parce que, lorsque Maîtresse Sam me donne une fessée, mon cul blanc pâle brille comme une luciole." Nous avons tous ri. Cela m'a amené à me demander, cependant. Assez de gens avaient vu ce phénomène pour être sur le surnom ?

« Combien de personnes vous ont vu recevoir une fessée ? »

"Tout le monde dans le groupe de rencontre et quelques autres amis à nous." Elle rougit plus profondément, la faisant s'illuminer d'une manière très mignonne. "Ce n'est pas la merde la plus lourde qui soit arrivée à une foule."

'Quelle est la merde la plus lourde qui soit arrivée dans ce groupe ?' Je me suis demandé, mais j'ai décidé de tenir cette question pour une autre fois. Richard avait dévié et je ne pouvais pas le laisser s'en tirer en détournant son attention de lui-même.

« Revenons à vous maintenant. Pourquoi êtes-vous le sorcier ? »

"C'est parce qu'il peut faire de la magie—" commença Cathy

"Je ne peux pas faire de magie," dit Richard en roulant des yeux.

"—Même s'il le nie," insista-t-elle pendant son interruption. "Heureusement, vous n'avez pas besoin de me croire sur parole ou sur parole ! Vous pouvez regarder des preuves et décider par vous-même." Elle sortit son téléphone.

"Ne me dites pas que vous avez enregistré cette vidéo et que vous l'emportez partout où vous allez." Richard gémit.

" Bien sûr que oui ! As-tu la moindre idée à quel point c'est chaud pour nous, les soumis ?" Elle m'a passé son téléphone, "as-tu des écouteurs sur toi ? Tiens, utilise le mien. Sérieusement, Richard, c'est une bonne chose pour elle de voir si tu veux donner une idée de l'intensité de l'échange d'énergie."

Il soupira mais hocha la tête. "D'accord, mais gardez à l'esprit que c'est la fin la plus extrême. Cela devrait servir d'avertissement."

J'ai regardé entre eux, essayant de décider à quel point ils étaient sérieux. "C'est beaucoup d'accumulation. Pardonnez-moi si je suis sceptique, tout peut être à la hauteur." Richard sourit en connaissance de cause, comme pour me rappeler qu'il avait passé des années à échanger du porno avec moi et qu'il savait très bien ce qui serait à la hauteur de mes attentes.

Écouteurs branchés, j'appuie sur lecture.

Immédiatement, j'ai été assailli par le sexe graphique. La caméra s'est concentrée sur une jolie femme allongée sur le dos sur une table surélevée, les yeux fermés, les bras le long du corps et les jambes écartées. Plus précisément, il s'est concentré sur sa chatte, qui était très clairement très chaude. Des ruisseaux d'humidité traçaient de ses bas jusqu'à ses fesses et ses muscles pelviens se contractaient. Une ombre accroupie près de sa tête, semblant lui chuchoter à l'oreille. De temps en temps, il la caressait. Son visage, son cou, ses cheveux, ses caresses étaient doux et semblaient véhiculer de la chaleur et de l'affection... et de l'amour.

Je bougeai mal à l'aise. C'était clairement Chloé sur la table et Richard au-dessus d'elle. « Ne sois pas jaloux, il est à toi maintenant, bientôt ces doigts vont te caresser.

Il n'est jamais descendu sous ses clavicules, mais son corps a répondu comme s'il avait un vibromasseur pressé contre son clitoris. Ses abdominaux se sont contractés, ses seins se sont soulevés et tous ses muscles ont tremblé. Elle a convulsé mais n'a jamais bougé, comme si elle était un mime agissant en étant attachée par des cordes invisibles. Ses bras se pressaient vers le bas tandis que ses cuisses se battaient pour s'ouvrir simultanément plus largement, se resserrer et rester parfaitement immobiles en même temps. Minute après minute, ses luttes sont devenues plus prononcées. Ses lèvres inondées de sang et son clitoris sont devenus clairement visibles entre eux. Elle gémit librement, comme une star du porno jouant le rôle d'une pute affamée de bite. Richard s'est déplacé pour être à côté d'elle, comme le prince charmant penché sur Blanche-Neige mais infiniment plus classé X. Lui chuchotant toujours, il se rapprocha de sa bouche. Les hanches de Chloé se jetèrent dans les airs, devenant plus frénétiques à mesure que Richard se rapprochait de sa cible.

Puis Richard l'a embrassée, et la chatte de Chloé a explosé en orgasme. Son clitoris semblait sur le point d'éclater et son vagin n'aurait pas pu se contracter plus fort si elle avait eu une bite enfouie en elle pour s'agripper. J'ai senti ma mâchoire tomber. Rien d'autre que l'air n'avait touché une partie érogène d'elle. Mon propre corps a répondu à la fureur brute de l'orgasme de Chloé alors qu'elle continuait à jouir et à jouir . Les lèvres de Richard toujours pressées contre les siennes, sa langue clairement dans sa bouche, son orgasme a suivi son cours pendant une minute et demie.

L'écran est devenu noir.

"Putain comment as-tu fait ça ?" demandai-je à Richard. Lui et Cathy éclatèrent de rire.

"Tu aurais dû voir tes yeux s'élargir," me taquina Cathy, "Comme je l'ai dit, c'est un putain de sorcier."

Richard haussa les épaules mais avait l'air nettement satisfait de lui-même. "Simple. Je lui ai dit de jouir et elle a obéi."

« Comment est-ce censé être un avertissement ? » J'ai demandé. "Aucune femme sur Terre ne pourrait voir ça et ne pas vouloir y goûter. Faites-le moi aussi s'il vous plaît." J'ai pointé l'écran, "Je vais prendre ce qu'elle a."

"D'accord, blague à part, il y a beaucoup de conditionnement qui rend l'hypnose comme ça possible." Cathy prononça « sorcier » dans le dos de Richard lorsqu'il dit « hypnose ». "Ce n'est pas un contrôle de l'esprit, cela l'obligeait à vraiment vouloir me laisser entrer dans son esprit et à m'obéir. Quoi qu'il en soit, reculez d'une seconde. Pouvez-vous vous donner un orgasme mains libres ? L'un de vous ? Bien sûr que non, c'est pourquoi la vidéo est si fascinante pour toi. Chloé non plus."

"Mais," dis-je en désignant le téléphone, "je viens juste de la voir le faire."

"Oui et non. Oui, elle a eu un orgasme sans stimulation physique. Mais non, elle ne pouvait pas se le donner. Elle ne pouvait pas se penser à bout, elle avait besoin que je lui parle. Elle est venue parce Je le lui ai dit. Ça, Erika, c'est ton avertissement. Son sourire s'évanouit et son regard me transperça, comme s'il essayait de forcer son message en moi avec le poids de celui-ci. "D'une manière très réelle, je lui ai dit de faire quelque chose qui lui était impossible par elle-même, mais elle m'a quand même obéi. C'est le pouvoir qu'un dominant peut exercer sur un soumis. C'est le contrôle que je pourrais avoir sur vous . Si cela ne vous inquiète pas, au moins un peu, ça devrait."

Cathy hocha la tête, aussi sérieuse, "C'est vrai. C'est la même chose pour moi. Au bout d'un moment, on s'habitue tellement à se soumettre et à être obéissant que la désobéissance semble viscéralement mal. Comme, même juste l'idée. Je suis aussi super sensible à tout de ma maîtresse. Je pense que c'est vrai pour tous les soumis. Si votre Dom est en colère contre vous, ou l'enfer, même légèrement déçu, cela vous ruine. Je ne peux pas manger, je ne peux pas dormir, je ne peux penser à rien Vous ferez beaucoup d'efforts pour éviter ce sentiment.

Cela a fait son chemin dans ma tête. J'étais déjà sacrément sensible à Richard. Merde, je venais juste de passer une semaine à m'énerver juste pour essayer d'étouffer ma peur de me sentir rejetée par lui. Est-ce que je ressentirais cette peur encore plus intensément ? Cela s'étendrait-il pour inclure toute sorte de négativité de sa part ? Cela m'inquiétait. Je n'ai jamais voulu être émotionnellement dans le besoin, mais n'étais-je pas déjà en route pour ça ?

Mais cela ne nous a pas donné assez de crédit en tant que paire, n'est-ce pas ? Richard tenait à moi. Il s'était toujours soucié de moi en tant que son meilleur ami et maintenant je savais qu'il s'en soucierait encore plus en tant qu'amant. Je pouvais le sentir au plus profond de moi. Il s'est vraiment soucié de s'assurer que j'étais à l'aise et que je me sentais en sécurité.

"Je te fais confiance," essayai-je de mettre autant de sentiments que possible dans mes mots, pour le rassurer que je le pensais vraiment. J'ai toujours été nul pour transmettre mes émotions, mais son sourire de retour m'a fait savoir qu'il comprenait. Je rencontrai ses yeux, essayant de transmettre autant d'émotion que possible, mais je me sentis me perdre dans les magnifiques motifs de bleu, sarcelle et jaune entourant ses pupilles noires. Lui, d'un autre côté, semblait regarder au-delà de mon extérieur profondément en moi. Je voulais me montrer à lui, qu'il me voie. "Je te fais confiance, je te veux." J'ai essayé de transmettre mes pensées dans sa tête à travers nos yeux. 'Je te fais confiance. Je te veux. Je veux tout de toi. Je veux vous rendre heureux. Je veux embrasser-'

La pensée venait à peine de commencer qu'il n'y eut soudain plus d'espace entre nous. Ses bras autour de moi, son visage à quelques centimètres du mien, il semblait me dominer bien qu'il soit de la même taille. J'ai respiré sa chaleur et sa proximité et j'ai senti mes yeux se fermer d'eux-mêmes. 'Oh mon dieu oh mon dieu oh mon dieu.' Aussi ringard que cela puisse paraître, quand ses lèvres ont touché les miennes, mes jambes ont vraiment failli céder. Mon corps tout entier sembla soupirer d'un coup et j'eus à peine le temps d'enregistrer à quel point ses lèvres étaient chaudes avant que sa langue ne soit dans ma bouche. Avait-il si chaud parce que la glace m'avait refroidi ? Pourquoi ça n'avait pas marché sur lui ? Pourquoi pensais-je à la crème glacée à un moment comme celui-ci ? Je détournai mon esprit et me pressai contre lui. Ma langue a agrippé la sienne et nous avons dansé autour de ma bouche. Malgré mes efforts, je n'arrivais pas à gagner du terrain dans sa bouche. Nous avons alterné entre entrelacer nos langues et lui épingler la mienne. Il me serrait contre lui pour me faire sentir désirée, désirée d'une manière que j'avais besoin de ressentir de sa part depuis des années.

C'était parfait. Rétrospectivement, je ne peux pas dire si c'était comme ça parce que le baiser était si bon ou parce que c'était notre première symbolique. À l'époque, j'ai ressenti une pure joie exaltée. Eh bien, peut-être pas vraiment de la joie "pure". C'était dilué avec un peu de luxure. D'accord, peut-être beaucoup de luxure. J'étais haletante, mouillée à certains endroits et dure à d'autres quand nous nous sommes finalement séparés.

"Tu lis dans mes pensées," lui chuchotai-je, "Tu es vraiment un sorcier."

"Pas de magie, simple biologie moldue. Tes pupilles étaient très dilatées. Cela signifie que tu es excité."

"Wow, vous avez tous les deux l'air d'avoir besoin de ça." J'avais oublié Cathy !

"Désolé ! Nous ne voulions pas vous transformer en troisième roue."

"C'est cool, j'ai rampé sur de nombreuses séances de pelotage. En ce qui concerne les hétéros , c'était plutôt chaud . Je vous donne les gars 8 sur 10. Des points pour la soif brute, mais cela pourrait être amélioré avec plus de tâtonnements et moins de vêtements."

'Moins de vêtements ! Voilà une idée. J'ai réalisé que je tapotais sans vergogne la poitrine de Richard le long des boutons de sa chemise. Cathy remarqua avec un sourire narquois, " Cela dit, je pense que je vais rentrer à la maison maintenant. Je te trouverai en ligne, Erika. Je suis sûre que je vous verrai bientôt toutes les deux !" Elle aurait pu disparaître aussi soudainement qu'elle était apparue. Je ne sais pas, j'étais trop occupé à sourire comme un imbécile à Richard.

"Rentrons à la maison," dis-je. Voir son signe de tête était une pure victoire.

PARTIE 4

49

Mon petit appartement était complètement différent. Richard s'est assis dans ma confortable chaise de bureau pendant que j'occupais la chaise pliante dure généralement réservée aux invités. C'était en quelque sorte arrivé comme ça. Comme si c'était sa maison et que je vivais juste ici. Je jetai un regard penaud autour de l'endroit. Mes vêtements de travail gisaient toujours en tas là où je les avais jetés plus tôt, mon lit était défait contre le mur du fond, la vaisselle était toujours dans l'évier et mon bureau était en désordre complet. Richard a remarqué que le disque dur était toujours branché sur mon ordinateur portable et m'a demandé d'un ton taquin si je m'en étais récemment servi. J'ai senti mon sang monter. C'était peut-être le coup le plus sexuel qu'il m'ait jamais donné.

Je l'ai aimé, et après toute l'accumulation, j'étais fatigué d'attendre. Alors, je lui ai tout raconté sur ce que j'avais fait avant le dîner. Je lui ai dit que j'avais fait la même chose tous les jours pendant une semaine, en travaillant jusqu'à ce soir. J'ai allumé le flirt érotique que j'avais toujours voulu être pour lui, étant aussi provocateur que possible en décrivant mes doigts se tordant en moi alors que j'imaginais toutes les choses que je lui ferais et qu'il me ferait. Comment je le sucerais jusqu'aux couilles jusqu'à ce qu'il devienne dur dans ma gorge. Comment j'avais été si humide pendant des heures qu'il se glissait instantanément en moi sans aucun préliminaire. Comme j'aurais aimé qu'il s'enfonce en moi, fort et vite, me martelant assez fort pour faire trembler le lit.

Il a écouté, poliment attentif comme toujours, aussi désinvolte que si nous parlions de l'endroit où déjeuner. "Et tu dis que tu es mauvais pour t'exprimer," commenta-t-il ironiquement. Sa posture est passée subtilement de décontractée à plus concentrée et intense. « C'est ce que tu veux, hein ? « t'étouffer avec ma bite et te faire baiser en éclats », comme tu l'as dit avec tant d'éloquence ? J'ai dégluti et j'ai hoché la tête, mes mots semblant beaucoup plus sales venant de sa bouche. "Eh bien, nous y reviendrons bien assez tôt. D'abord, cependant, nous devons parler des deux lois."

« Juste deux règles ?

"Oh non, vous aurez des tonnes de règles à suivre. Celles-ci sont différentes, elles s'appellent des lois pour une raison. Au fond, les règles font partie du jeu. Si vous désobéissez aux règles, vous obtenez une punition sexy et le jeu continue. Les lois, d'autre part, doivent toujours être respectées par nous deux.

"La première loi concerne les mots de sécurité. Rouge et jaune. Dites "rouge" à tout moment et tout s'arrête. Dites "jaune" et nous ralentissons. Les mots de sécurité existent pour nous protéger tous les deux et nous aider à nous sentir tous les deux à l'aise. Vous pouvez les utiliser à tout moment, pour n'importe quelle raison. Nous parlerons de ce que vous ressentez et comment vous aider à vous sentir mieux. Il n'y a jamais de honte à utiliser un mot de sécurité. Sa concentration a ajouté un avantage à ses mots : "Cela ne montre pas un manque de confiance ou de volonté de se soumettre ou quelque chose comme ça. Vous ne devriez jamais vous sentir obligé de les utiliser. Si quelqu'un essaie de vous dire le contraire, dites-lui de baiser. eux-mêmes.

vous mentirai jamais et j'attends de vous que vous soyez toujours honnête avec moi. Si, par exemple, je vous donne une fessée et que je vous surveille, j'attends de vous que vous soyez honnête. Si vous souffrez beaucoup et vous n'en pouvez plus, je m'attends à ce que vous me le disiez et que vous ne mentiez pas parce que vous pensez que c'est ce que je veux entendre. De même, si vous pensez que vous avez foiré et que je vous dis que c'est d'accord et je ne suis pas en colère, vous devriez le croire et ne pas le deviner.

"Fondamentalement, les deux lois concernent la communication ouverte et honnête. C'est important pour tous les couples, mais c'est particulièrement critique pour le BDSM. L'échange de pouvoir est plus que suffisamment compliqué sans avoir à gérer des trucs basiques comme ça."

"Rouge et jaune. Facile à retenir. Je comprends. Mais cela ne signifie-t-il pas que je pourrais simplement me plaindre d'être ligoté ou fessée ?" Cela transforma son sourire de sérieux en loup.

"Cela pourrait être une préoccupation pour certaines personnes, mais pas pour vous. Vous ne savez pas comment faire quelque chose à moitié . Cela fait partie de ce qui vous rend si attirant pour moi. Je ne m'inquiète pas que vous donniez moins de 100 %, J'ai peur que tu essayes de te dépasser à 130% et que tu te blesses."

« Assez juste, » ai-je hoché la tête.

Il s'assit lentement, semblant en quelque sorte prendre plus de hauteur qu'il n'aurait dû. Il ressemblait à un prédateur regardant de haut une proie très savoureuse. Cela me faisait me sentir à la fois plus petit mais désiré. "Tu as été maître de toi toute ta vie. Comment tu passes ton temps, comment tu bouges, qui tu poursuis, comment tu as des relations sexuelles... Tu es vierge dans ce nouveau monde, Erika. Une très excitée et vierge consentante. » Son sourire sauvage s'élargit, comme si j'étais un steak à l'odeur juteuse, "Alors maintenant... es-tu prêt à abandonner un peu de contrôle ?"

Je n'avais jamais été aussi prêt !

Anticlimatique, il ne m'a pas poussé au sol et m'a baisé. Au lieu de cela, il m'a demandé de me tenir dos au mur. Ça, et rien de plus. Il s'est assis, ses yeux errant sur moi pendant que je me tenais debout. Il ressemblait à quelqu'un dans un musée qui prend son temps pour apprécier la peinture d'un maître. Ne se concentrant sur aucune partie de moi en particulier, il semblait me capturer tout entier à la fois. J'imaginais que je pouvais sentir son regard comme une sensation physique très légère jouant sur ma peau. Cela m'a fait me sentir très exposée, même si j'étais toujours entièrement habillée.

« Sais-tu pourquoi je te trouve attirant ? Il a demandé. J'ai été surpris par la soudaineté et par la question elle-même. Jusqu'à il y a quelques heures, j'étais sûre qu'il ne s'intéressait pas du tout à moi.

"Non—euh—" J'ai réalisé que je devrais lui donner un titre honorifique mais je ne savais pas quoi utiliser, alors j'ai choisi par défaut "-Maître". Cela lui a valu un petit rire.

"Je préfère 'Monsieur', mais j'aime où est votre tête."

« Oh. Puis-je demander pourquoi ?

je répondrai même. Maître implique un niveau de ... eh bien, de maîtrise, que je ne pense pas posséder . tellement. Les deux semblent transmettre un sentiment d'infaillibilité qui n'est pas moi.

"Oh. D'accord, monsieur. Non, je ne sais pas."

"Tu es fort, déterminé, très intelligent," il se leva et vint vers moi, "et tu possèdes un sens de soi qui t'appartient entièrement. Tu cherches et tu fais ce qui te rend heureux simplement parce que cela te rend heureux, les attentes de que les autres soient maudits. J'admire cette bravoure en vous. Mon visage s'échauffa à ses éloges et je gonflé de fierté. C'était fantastique d'être reconnu comme ça par lui !

Néanmoins, j'étais curieux, "mais ce ne sont pas vraiment des traits de soumission, monsieur?"

"Au contraire, ce sont les traits les plus attrayants qu'un soumis puisse avoir. N'importe qui peut dominer quelqu'un de faible. Cela peut être amusant, mais il n'y a rien de spécial à ce sujet. Quelqu'un de faible a peu de pouvoir à abandonner au dominant." Il caressa légèrement ma joue, le bout de ses doigts envoyant des frissons dans toute ma tête, "Mais quand quelqu'un de fort choisit d'abandonner son pouvoir à un dominant... eh bien maintenant, c'est quelque chose de complètement différent." Sa main s'enroula jusqu'à l'arrière de ma tête, agrippant mes cheveux fermement mais pas inconfortablement. J'ai découvert que je ne pouvais pas bouger, ne pouvais pas me détourner si je l'avais voulu. Je ne voulais pas, je m'appuyai contre sa main voulant sentir plus.

"Tu as tellement de pouvoir en toi, Erika," murmura-t-il, son visage à un peu plus d'un centimètre du mien. "Ressentir cela est très enivrant pour moi." Il inspira profondément, comme un connaisseur sentant un bon vin. Ses lèvres consumaient ma vision, si proche de la mienne. Je voulais les sentir à nouveau, mais sa poigne sur les cheveux juste derrière ma tête me maintenait fermement en place. J'essayai de me pencher en avant, mon désir luttant brièvement contre son emprise sur moi, avant d'abandonner et de me laisser à nouveau reposer contre sa main. Je ne m'étais jamais senti aussi contrôlé auparavant dans ma vie. Ses yeux me brûlaient et ma respiration se faisait par petits halètements. Je me demandais si mes pupilles se dilataient à nouveau.

Puis Richard m'a relâché et a reculé. "Enlevez votre haut et votre soutien-gorge", a-t-il dit. Nonchalamment, comme s'il avait demandé quelle heure il était.

Quelque chose à ce sujet me fit rougir à nouveau. J'avais voulu ça. Je voulais ressentir plus et aller beaucoup plus loin. Mais, d'une manière ou d'une autre, faire le premier pas et lui montrer mes seins me rendait très nerveuse. Des angoisses d'incertitude à propos de mon corps se sont glissées dans les coins de mon esprit. Et si je ressemblais trop à un garçon manqué pour lui ? Mes mains ne se mirent pas en action pour obéir automatiquement à son ordre. Cela aurait été trop facile. Au lieu de cela, ils ont tâtonné derrière moi avec le fermoir comme un lycéen vierge essayant d'atteindre la deuxième base. Il s'est finalement défait et j'ai jeté le soutien-gorge sur le côté.

Ironiquement, il a atterri juste à côté de mon lit sur mes vêtements jetés il y a des heures.

J'aime mes seins. Je les adore absolument à mort. J'aime la façon dont ils se sentent dans mes mains, j'aime le plaisir qu'ils me procurent, j'aime la sensation de liberté quand ils sortent de leur cage après une longue journée dans un soutien-gorge. Et, à ce moment-là, j'ai adoré l'effet qu'ils ont eu sur Richard. Ses yeux étaient rivés sur eux et il hocha légèrement la tête en signe d'appréciation. Peut-être que je l'imaginais, mais je pourrais jurer qu'il y avait un renflement dans son pantalon.

"Entrelacez vos doigts derrière votre tête et arquez légèrement votre dos." Je m'exécutai rapidement, levant les bras et pressant ma poitrine vers l'extérieur, rendant mes seins aussi proéminents que possible. Une fois de plus, ses doigts ont tracé sur ma peau, cette fois sur mes abdominaux. "Tiens-toi tranquille."

"Oui, monsieur," promis-je. Il a glissé sur mes abdominaux lisses et durs, juste assez légèrement pour envoyer de petites vrilles de plaisir à travers moi à son contact. Des frissons me parcouraient au fur et à mesure qu'il montait, pouce par pouce vers le haut sur mon ventre. Il m'a taquiné, allant atrocement lentement, sentant ma peau nue partout sauf aux endroits que je voulais. Mes mamelons devenaient plus durs et plus prononcés à chaque battement de cœur. Ils réclamaient de l'attention, d'être frottés, pincés et gratifiés. Cependant, à ma grande consternation, il les sauta par-dessus et se concentra plutôt sur mes bras et mes épaules.

"Vous avez d'excellents triceps et épaules", complimenta-t-il avec admiration. Cela a presque compensé toutes les taquineries. Il y a un groupe restreint de choses sur lesquelles les filles ont l'habitude de recevoir des compliments de la part des hommes, et ces muscles ne sont pas sur la liste. Il aimait mon corps pour ce qu'il était !

"Merci, monsieur! Ce sont des années de basket et de sueur à la gym."

Enfin, d'un seul mouvement, il prit mes deux seins en coupe. Ils se sont étendus dans ses mains fortes et fermes alors que j'inhalais, me faisant haleter de plaisir.

« Sont-ils très sensibles ? » demanda-t-il en remarquant ma réaction.

"D'habitude pas tant que ça," j'avais beaucoup de mal à rester immobile et à ne pas me presser contre lui. Il serra légèrement, appréciant clairement de me caresser autant que je l'étais. Je fermais les yeux et buvais les sensations. Ma poitrine s'est posée de plaisir alors que je me présentais à Richard pour jouer avec lui comme il le souhaitait. C'était bon.

Mes mamelons ont explosé. Mes yeux se sont ouverts d'un coup et j'ai plié en deux, laissant échapper un étrange gémissement. Richard avait mes bourgeons très taquinés entre ses doigts et il les faisait rouler sans trop de douceur.

"Tiens-toi tranquille," me rappela-t-il. J'ai hoché la tête, mais c'était très dur. Le plaisir m'envahit, épicé d'un peu de douleur quand il serra. Chaque impulsion de sensation envoyait une secousse vers mon clitoris. J'avais l'impression d'être son jouet. Comme si mon corps existait pour son amusement et ma conscience existait pour ajouter à son plaisir. Il tordit et pressa, appréciant de me voir échanger entre des soupirs de plaisir et des cris surpris.

« Plaisir ou douleur ? » Il a demandé.

"Les deux," haletai-je, "c'est très intense." Il sourit largement et les relâcha, pétrissant mes seins tout en laissant aux mamelons le temps de récupérer. Si quoi que ce soit, c'était encore plus intense qu'avant. De puissantes sensations de picotements ont concentré toute ma concentration sur deux points sensibles alors que le sang revenait en eux.

"Votre visage est merveilleusement expressif. Très authentique. Maintenant, enlevez le reste de vos vêtements."

Cette fois, j'obéis sans hésitation. Mon jean et ma culotte étaient à la fois sur mes hanches et le long de mes jambes avant que j'enregistre pleinement ce qu'il avait dit. J'étais tellement mouillée, tellement prête pour un vrai plaisir, que j'avais hâte de sortir ma chatte pour jouer. J'ai heurté un léger barrage routier autour de mes mollets. Sérieusement, celui qui a conçu les jeans pour femmes n'avait pas à l'esprit un retrait rapide, surtout pas des jambes athlétiques. Enfin, totalement nue, je me tenais devant Richard.

Je m'attendais à ce qu'il me taquine encore plus, mais à la place, il a immédiatement caressé mon buisson.

"Rasez ça avant notre prochaine réunion."

D'accord, peut-être que c'était en fait plus taquin. Il a à peine exercé une pression ou un contact sur ma chatte, se contentant de me caresser doucement et de me tirer les cheveux. C'était très distrayant. "Je pensais que tu aimais avoir des poils sur une chatte," dis-je.

"Oui, et c'est plutôt sympa. Cependant, je vais apprendre votre corps et comment il réagit, donc avoir une vue claire de votre sexe sera très utile. De plus, vous appréciez beaucoup votre buisson, alors rasez-le sera pour moi un rappel quotidien de votre soumission."

J'ai dégluti, "Oui, monsieur." « Il doit sentir à quel point je suis mouillé. Allez, baise-moi ! J'ai essayé d'appuyer discrètement mes hanches vers l'avant, juste un peu, mais il a ajusté sa main avant que je puisse avoir le moindre contact.

Richard se rassit et me fit signe d'avancer. "S'agenouiller." J'étais très reconnaissant d'avoir posé un tapis. Mes réponses arrivaient plus vite, avec moins de réflexion de ma part. S'installer sous son contrôle me faisait du bien. Je n'ai pas vraiment eu besoin de beaucoup réfléchir, juste sentir et apprécier. « Genoux écartés un peu plus, croisez vos bras derrière votre dos. Saisissez vos avant-bras aussi haut que possible. Il m'a guidé vers la position qu'il voulait, les seins écartés et les jambes écartées, en disant que cela s'appelait "Pose exposée".

Exposé a raison. Putain c'est intense. Richard me dominait comme une statue. Je n'ai atteint que le troisième bouton de sa ceinture. Toujours entièrement vêtu de son costume impeccable et propre, Richard méprisait ma nudité complète. La différence de hauteur me semblait nettement nouvelle et étrange. Nous avons toujours été des hauteurs similaires, j'avais l'habitude de le voir à mon niveau. Maintenant, il aurait tout aussi bien pu être Zeus assis au sommet de l'Olympe. En plus de cela, la pose elle-même était plus éprouvante que je ne l'aurais pensé. Mes genoux s'enfonçaient durement dans le tapis et mes épaules n'étaient pas satisfaites de tout ce qu'on leur demandait de s'étirer.

J'ai essayé de donner un sens à tout ce que je ressentais mais j'ai abandonné. Dire que je me sentais exposé ou vulnérable ne suffisait pas. J'étais à genoux sur le sol aux pieds de mon meilleur ami parce qu'il me l'avait dit. Mais plus que cela, j'étais ici parce que je voulais l'être. Je voulais lui obéir, et l'exprimer si ouvertement me faisait me sentir plus nue que le simple manque de vêtements ne pouvait l'expliquer.

Mais non. « Vulnérable » implique une sorte de menace perçue, n'est-ce pas ? Ce n'était pas vrai. Je me sentais complètement en sécurité, tenu fermement en contrôle. C'était presque libérateur de se sentir si insouciant. C'était juste très... ouvert. Comme si mon moi intérieur était exposé avec mon corps.

"Tu es magnifique," me dit- il , me regardant d'un air appréciateur. Il m'est soudainement apparu que m'agenouiller m'a rapproché beaucoup plus du renflement de son pantalon. Le renflement en forme de coq très distinctement juste en dessous de sa boucle de ceinture. J'ai léché mes lèvres, avide de ça. Deux doigts sous mon menton ramenèrent mon attention sur son visage. "Faites-vous plaisir."

"Quoi?"

"Tu m'entends."

Mes bras se sont contractés derrière moi. "Comme... Se masturber ? Monsieur ?"

"En effet."

Ouais, tout ce que je viens de dire sur le fait de se sentir nu ? Oubliez tout cela, c'est pour ça que j'aurais dû garder ces descriptions. Mes doigts glissèrent entre mes lèvres plus facilement qu'un patineur sur une patinoire. Ce premier glissement long et dur sur mon clitoris a semblé choquer mon système, me faisant passer d'une sensation de taquinerie à une sensation de prêt à baiser ! Je pensais que j'allais jouir sur place.

Il s'est déplacé de mon menton pour caresser ma joue, jouant doucement avec quelques mèches de cheveux.

"Tu as besoin de ma permission avant de pouvoir jouir, mon animal de compagnie." Je gémis de plaisir, les sons humides de mon schlicking remplissant la pièce. "Tu es à moi maintenant. C'est à moi de jouer avec ta sexualité. Je décide quand tu jouis... si tu jouis." C'est complètement injuste qu'on me dise que je n'ai pas le contrôle de mes propres orgasmes m'excite autant et me donne envie de jouir MAINTENANT ! Je le sentais bouillir en moi, la pression, accumulant le besoin de libération. C'était trop, écrasant, à genoux avec ma chatte écartée, me baisant pour son caprice.

Il a regardé attentivement, prêtant une attention particulière à mes doigts, notant comment je favorisais mon clitoris et passais à la pénétration quand je me sentais sur le point de jouir. Alors que je commençais à m'adapter à ce qui se passait, il a ajouté encore un autre niveau.

"Continuez à regarder mes yeux, ne baissez pas les yeux." Pourquoi devrais-je baisser les yeux ? Son expression me regardant était magnifique. Son émotion écrite là-bas m'a fait me sentir si spécial. Son sourire espiègle et entendu était de retour, cependant. Ce putain de sourire qui signifiait toujours qu'il savait quelque chose que j'ignorais.

J'ai entendu une fermeture éclair. 'Oh mon dieu, c'est ça ? L'a-t-il fait ? Sans regarder, je savais instinctivement que son pénis était libre et à quelques centimètres de moi. Un coup d'œil vers le bas et je le verrais enfin. La bite de Richard... combien de nuits m'étais-je endormie en rêvant d'être baisée par elle ? Combien de cours avais-je rêvé en l'imaginant nu ? Maintenant c'était juste là ! Mais je ne pouvais pas le regarder. C'était si difficile d'obéir, j'ai continué à baisser involontairement la tête et j'ai eu besoin de la forcer à la relever.

Bien sûr, ça n'a fait qu'empirer quand j'ai réalisé qu'il se caressait. La chaleur entre mes jambes s'est accélérée et j'ai serré mes doigts.

"S'il te plaît," gémis-je, "c'est si dur, s'il te plait, puis-je regarder ?"

"J'aime te regarder lutter. Te voir choisir l'obéissance plutôt que tes propres désirs est très excitant. Tu te débrouilles bien." Il avait l'air fier. Fier de moi! Je voulais être forte pour lui, mais mes hormones étaient toutes contre moi. Je l'avais trop voulu pendant trop longtemps, c'était une torture à endurer. Juste à quelques centimètres de moi et je sentirais sa douceur dure... La sensation d'avant me manquait, la liberté que j'avais ressentie sans avoir à lutter et à prendre des décisions.

Alors, au lieu de sa bite, j'ai cherché son autre main à tâtons et l'ai portée à ma tête. Il comprit sans aucun mot, attrapant à nouveau mes cheveux juste derrière ma tête et me maintenant fermement en place. J'ai immédiatement senti un fardeau m'enlever. Je n'avais plus besoin de me contrôler ni de m'inquiéter de pouvoir obéir. Je me blottis doucement contre son bras, appréciant la sensation de sa peau chaude contre ma joue et la force autoritaire de sa poigne.

Je me sentais connecté à lui. Un lien semblait s'être formé entre nous, plus fort que l'emprise physique qu'il avait sur moi. Comme lui donner ma force et mes problèmes et le fait qu'il soit fort pour moi nous avait rapprochés. C'était très intime et très, très sexuel. Je passais plus de temps hors de mon clitoris que dessus pour éviter de basculer. Je veux jouir. Chaque cellule de mon corps voulait jouir ! Mais je pouvais aussi sentir à quel point mes retraites continuelles loin de mon clitoris, loin de jouir, excitaient Richard. Je serais obéissant pour lui ! C'était difficile, mais j'ai continué à avancer, tirant ma satisfaction de sa respiration accélérée et de sa tapisserie de plaisir facial.

Je ne sais pas combien de temps nous sommes restés à nous regarder intimement l'un l'autre. Le temps semblait un peu amorphe, comme si nous existions ensemble dans une bulle où rien d'autre n'avait d'importance. Un battement de cœur après l'autre, un cercle sur mon clitoris palpitant et hypersensible et un doux gémissement contre son bras, tournant en boucle.

"Comment allez-vous?" il a fini par s'enregistrer.

« Un peu dépassé, Monsieur. Mais dans le bon sens !

"Bien. Il est temps d'aller au-delà des préliminaires." J'ai haleté en le sentant guider ma tête vers le bas, "tu peux regarder autant que tu veux maintenant. Si tu n'es pas trop près, bien sûr." J'allais directement sur ses genoux !

Il est difficile de dire s'il guidait ma bouche vers sa queue ou s'il m'empêchait de faire un boulet de canon avec ma tête dans son entrejambe. Il passa à peine devant ma vision avant que je l'aie englouti entre mes lèvres. Chaque pouce de sa virilité passant en moi semblait me remplir de vertige, comme si je venais de découvrir le plus grand jouet de tous les temps. J'étais déterminé à en ressentir le plus possible, à explorer chaque infime partie de lui avec ma langue. Son goût m'envahit, combiné à son parfum et à son excitation palpitante, tout venant vers moi en même temps. Muskness, peau douce couvrant le désir dur comme le roc, avec un soupçon de précum au goût salé. Lentement, je reculai, balayant ma langue d'un côté à l'autre sur son dessous. 'Il devrait être ici, juste en dessous de la tête...' Il gémit, fort et longtemps, quand j'atteignis le point idéal.

Je me sentais intensément satisfait de pouvoir faire sortir ce son d'homme sexy de lui, juste au-delà de sa maîtrise de soi dominante, mais j'avais peu de temps pour me féliciter. Sa prise ferme sur mes cheveux me pressa à nouveau, lentement de plus en plus profondément.

"Dis-moi quand c'est trop."

J'adore faire des fellations. J'aime tout ce qui concerne le sexe oral, mais la gorge profonde n'a jamais été mon point fort. Il restait encore deux bons centimètres de bite devant mes lèvres lorsque sa tête heurta le fond de ma gorge et que sa main guidant cessa de pousser vers l'avant. J'en voulais plus, j'essayais d'en avoir plus, mais ma putain de gorge n'en avait tout simplement pas. J'ai bâillonné fort et j'ai été obligé de reculer.

Il ne m'a pas laissé le temps d'être déçu. "C'était fantastique," me dit-il avec un sourire rayonnant, "Cette fois tu vas goûter mon sperme."

Il m'a guidé dans un rythme régulier. De haut en bas, sa main sur ma tête, s'arrêtant à chaque mouvement ascendant pour me laisser lécher son sweet spot avant de me redescendre. Cela ressemblait vraiment à des conseils et non à de la force. Comme si c'était moi qui lui faisais la pipe plutôt que lui qui me faisait une pipe, si cela a du sens. Il me montrait simplement comment il aimait le mieux. Néanmoins, l'expérience m'a fait me sentir profondément soumise. Agenouillé devant lui comme s'il était mon roi, l'adorant tout en ignorant à quel point cela rendait ma chatte déjà palpitante.

J'étais au paradis. Je fredonnai bas dans ma gorge pour faire vibrer sa queue, ce qui me valut un autre gémissement gratifiant de plaisir de sa part. Je l'ai sucé fort et bâclé, gardant ma langue constamment en train de travailler autour et autour alors que son plaisir montait. Des flux constants de salinité accompagnaient des battements plus rapides de remplissage de la mâchoire pendant que je le suçais. J'ai fait de mon mieux pour maintenir un contact visuel, levant les yeux et essayant de communiquer avec mon expression à quel point j'aimais sa bite tout en gardant ma concentration vers l'intérieur. C'était vraiment beaucoup de travail ! En haut - lécher rapidement sous sa tête. Glisse vers le bas - passe ma langue sur tout son sexe. En bas à la base - fredonner profondément, sourire sans relâcher le sceau. Glissez vers le haut - aspirez aussi fort que possible pour lui donner une pression sur la tête. Encore et encore alors qu'il me guidait de haut en bas, m'accélérant doucement à mesure qu'il se rapprochait. Je me suis retrouvé à souhaiter qu'il y ait une sorte de machine à mâchoires au gymnase. Ma langue brûlait et je manquais d'air.

Le plaisir, de plus en plus incontrôlé, coulait librement sur son visage jusqu'à ce qu'enfin il me tienne fermement et me convulse puissamment. Des jets de sperme chaud m'ont rempli, recouvrant le fond de ma gorge et l'intérieur de mes joues alors que j'essayais frénétiquement de l'avaler et de continuer à le lécher en même temps. Cela ressemblait à un flux infini, jaillissant après jaillissement de lui, écrasant rapidement mes efforts pour suivre le rythme. J'étais sur le point d'en renverser quand il a finalement ralenti et, avec un gros gémissement, s'est affalé en arrière et hors de moi.

Je savourais le reste de son sperme dans ma bouche. Je n'aime pas vraiment le goût et la texture du sperme. Avouons-le, qui le fait ? Mais le sentir là, voir le sourire satisfait sur son visage et se souvenir de la sensation de ses tremblements et de ses pulsations alors qu'il me l'avait donné... c'était comme un trophée. Je l'avais fait se sentir si incroyable ! Mon corps l'avait tellement excité qu'il avait eu besoin de sucer sa bite, et il aimait tellement ma tête qu'il avait débordé ma bouche de sperme . Cela m'a fait briller de fierté.

En même temps, une petite ombre de déception grandit au fond de mon esprit, directement liée à mon con dégoulinant et tristement vide. Avec Richard épuisé, je ne serais pas en train de me faire baiser ce soir. J'ai essayé de me dire que c'était stupide et cupide de ma part de me sentir déçu. J'étais censé penser à ses besoins avant les miens. C'est pour ça que je m'étais inscrit. En fait, ce que je lui avais pratiquement supplié. Je le savais, mais malgré tout, après avoir partagé une expérience si intimement érotique avec lui, je ne pense pas m'être jamais sentie aussi excitée de ma vie. Je voulais jouir, putain ! C'était putain de difficile d'accepter de laisser tomber ça.

« Tu es plutôt doué pour ça, » Richard avait repris ses esprits et me tendait la main, « tiens, tes genoux doivent te tuer. Ils l'étaient, même si je ne l'avais pas remarqué jusque-là. J'avais été trop distrait par trop d'autres choses.

Avant que je ne puisse m'étirer correctement, cependant, je me suis retrouvé complètement soulevé du sol, drapé dans les bras de

Richard. "Tu m'as rendu très heureux aujourd'hui," me murmura-t-il à l'oreille, "tu mérites une récompense." Mon cœur rata un battement alors qu'il me portait sur la courte distance jusqu'à mon lit. En apesanteur dans ses bras, je me sentais hypnotisée par ses yeux sans fond si proches. Ce n'était vraiment pas juste, la façon dont il pouvait actionner un interrupteur et submerger mes émotions comme ça.

Il m'allongea avec des oreillers soutenant confortablement ma tête. Une fois de plus au-dessus de moi, il joua lentement avec mes cheveux entre ses doigts. Bien qu'il soit toujours nu et qu'il soit toujours entièrement habillé, je ne me sentais pas si nu . C'était plus... intime ? Confortable? Naturel? Je ne sais pas. J'avais du mal à penser correctement, mon monde se contractait en petits points. Les taches sur mon visage où ses doigts me frôlaient, la sensation alors qu'il jouait avec ma frange, la tache sur mon cou où il m'embrassait, la soie sous mes mains où je frottais sa poitrine, et le besoin toujours présent à l'intérieur de moi cela devenait plus urgent de minute en minute.

Ses doigts parcouraient mon corps alors qu'il se positionnait confortablement entre mes jambes. J'ai fait une double prise. Entre mes jambes! Il était figé comme s'il était sur le point de me dévorer !

Il rit et je pouvais sentir son souffle sur le haut de mes cuisses. "Surpris ?"

"Euh, oui, monsieur." Il a frotté mes cuisses, écartant lentement mes jambes aussi largement que possible et envoyant des éclairs de plaisir directement dans mon cœur. "Ce n'est pas—* gémissement *—ce à quoi je m'attendais."

"Les gens semblent penser que le cunnilingus n'est ni viril ni dominant. Rien ne pourrait être plus éloigné de la vérité. Si vous étiez une marionnette, vos cordes seraient juste là. Avec un léger coup de coude—" il pressa un doigt directement entre mes lèvres, le tirant à travers ma fente et directement sur mon clitoris. Mon corps entier a sursauté comme si j'avais été frappé par la foudre et j'ai laissé échapper un cri de surprise et de plaisir "- Je peux provoquer les réactions les plus adorables de votre part. Il y a très peu de positions où je peux exercer un contrôle plus direct sur votre corps ."

Il avait raison. Je me tordais et gémissais alors qu'il me jouait comme un instrument de musique. Taquiner mes lèvres avec de longs pinceaux dans mes poils pubiens pour me faire frissonner et pousser mes hanches. Caressant mes cuisses avec de douces pressions juste en dessous de ma chatte pour me faire trembler et palpiter. Me faisant couiner et cambrer le dos avec un baiser rapide directement sur mon clitoris. Il a travaillé ceux-ci avec de longs et lents coups de langue tout le long de moi, couvrant chaque centimètre de ma chatte sensible avec sa langue.

Il était comme un chercheur cartographiant comment je réagissais au stimulus, testant et expérimentant différents niveaux et combinaisons de pression. Cela me laissait deviner et mon niveau d'orgasme montait et descendait comme un électrocardiogramme. Toute pression constante sur mon clitoris m'a amené au bord en quelques secondes et l'a mis en file d'attente pour reculer ses taquineries. Ça me rendait fou ! J'étais en feu avec le besoin, bien au-delà du point de cohérence. C'était si bon. Tout dans les montagnes russes de la stimulation était si incroyablement bon que je ne voulais pas que ça s'arrête. Je voulais exploser. Pour éjaculer ma cervelle à travers ma chatte sur tout son visage. Mais je voulais aussi que cela dure éternellement. Je n'ai jamais voulu que le plaisir s'arrête.

Richard avait l'air ravi entre mes jambes, me surveillant attentivement pour mes réactions. Toujours aussi chaleureux et attentionné envers moi... même s'il utilisait cette attention pour me taquiner, je me sentais spéciale. Recherché. Aimé.

Tout à coup, je me suis senti comblé. La chair chaude et ferme d'au moins deux doigts s'est enfoncée dans ma chatte et mutilée directement contre mon point G. Je n'avais jamais joui de pénétration auparavant, mais je pensais vraiment que j'étais sur le point de le faire. Sans m'en rendre compte, je mettais l'insonorisation de l'appartement à rude épreuve et j'arrachais les draps du lit. Je poussai fort pour rencontrer ses doigts, voulant les sentir aussi profondément en moi que possible—voulant attirer autant de lui en moi que je le pouvais. Il me pressa fermement, me maîtrisant facilement avec sa force.

Richard croisa mon regard et lentement, délibérément, baissa la bouche. "Jouis autant et aussi fort que tu peux", m'a-t-il dit directement entre mes jambes. Ensuite, mon clitoris a été aspiré durement dans sa bouche. Il m'a sucé profondément et m'a léché fort, chaque petite bosse de sa langue envoyant une vibration de plaisir directement dans mon cœur. Je n'ai pas tenu plus de trois secondes. Je suis venu. Dur. C'était comme si une bombe explosait au plus profond de moi et explosait encore et encore à chaque contraction. Des vagues d'extase pure m'ont traversé, remplissant chaque centimètre de moi, de mes orteils à mon cerveau jusqu'au plus profond de mon esprit.

Je venais et venais et venais, serrant si fort ses doigts encore pressés que j'ai cru sentir ses empreintes digitales. Mon clitoris palpitait si fort dans sa bouche que j'ai cru qu'il l'avalait. Il n'a jamais cessé de marteler, forçant un autre orgasme juste après le premier. Je me sentis fondre, mon esprit devenant légèrement flou et ma vision se brouillant sur les bords.

Lentement, avec plusieurs répliques et rechutes, le feu de forêt s'est éteint. Tout semblait légèrement flou alors que je revenais à moi-même, presque comme si j'avais bu quelques verres d'alcool fort.

J'ai réalisé que j'avais presque écrasé la tête de Richard entre mes cuisses. Je n'avais même pas réalisé que je les avais fermés ! De plus, j'ai peut-être un peu meurtri mes seins. Encore une fois, je n'avais même pas réalisé que je les serrais.

"Wow... c'était putain de génial."

PARTIE 5

Peu de temps après, nous avons pris place sous les couvertures. Le rythme régulier de sa respiration pendant qu'il dormait était apaisant, me rendant somnolent mais ne voulant toujours pas dormir.

Nous avions discuté de tout ce qui s'était passé, nous pressant l'un l'autre pour obtenir des détails sur ce que l'autre avait ressenti. J'étais particulièrement intéressé d'entendre à quel point Richard s'était senti puissant en dirigeant ma bande lente. Apparemment, le toucher était une forme puissante de contrôle, et avoir le champ libre pour me toucher pendant que je me retenais rendait la dynamique Dom/ sub plus réelle. C'était très intéressant d'entendre son point de vue, mais encore plus c'était glorieux de partager un lit avec lui.

Il avait enfin enlevé son costume ! Sa poitrine nue pressée contre mon dos et ses jambes nues entrelacées avec les miennes. J'ai toujours été une ventouse complète pour les câlins. Le contact peau à peau fait des choses puissantes sur mes émotions.

Enfin rassasié, je sentais que je devrais être plus analytique. Avais-je vraiment fait toutes ces choses ? Il avait semblé si facile de se glisser dans le rôle, si naturel de suivre le courant. Une voix à l'arrière de ma tête répéta les paroles de Cathy sur l'obéissance. Qu'est-ce que je pourrais me retrouver à faire ? Peut-être que ça aurait dû m'inquiéter alors, mais ce n'était pas le cas. Je me sentais trop bien pour m'inquiéter de quoi que ce soit.

Je m'endormis en serrant la main de Richard contre ma poitrine. 'Exploiter!'

FIN